풀이
자라는 소리를
들어보지 않을래

| 제2회 소년해양신인문학상 당선작 |

풀이 자라는 소리를 들어보지 않을래

초판 1쇄 발행일 2018년 12월 29일
초판 2쇄 발행일 2019년 6월 29일

지은이 박미정
펴낸이 양옥매
디자인 임홍순
교 정 조준경

펴낸곳 도서출판 책과나무
출판등록 제2012-000376
주소 서울특별시 마포구 방울내로 79 이노빌딩 302호
대표전화 02.372.1537 **팩스** 02.372.1538
이메일 booknamu2007@naver.com
홈페이지 www.booknamu.com
ISBN 979-11-5776-672-7(03810)

이 도서의 국립중앙도서관 출판시도서목록(CIP)은
서지정보유통지원 시스템 홈페이지(http://seoji.nl.go.kr)와
국가자료공동목록시스템(http://www.nl.go.kr/kolisnet)에서
이용하실 수 있습니다. (CIP제어번호 : CIP2018043205)

풀이
자라는 소리를
들어보지 않을래

박미정 지음

책과나무

나무와 구름, 바람과 풀, 개미와 새….

자연을 가만히 들여다보면 무수한 이야기를 만나게 된다.

도토리 한 알에서부터 숲은 시작되고, 숲에는 희망과 꿈이 매일 꿈틀꿈틀 거리며 자라나고 있다.

이 자연 속에 아이들이 없다는 건 정말 안타까운 일이다.

미국의 자연심리학자 리처드 루브는 '자연결핍장애'(Nature Deficit Disorder)라는 개념을 제기하였다. 그에 따르면 요즘 아이들에게서 자주 나타나는 주의력결핍과잉행동장애(ADHD)의 원인은 일상적인 자연체험의 결핍이며, 따라서 치료법 역시 신경정신과 약을 먹이는 것이 아니라 아이들에게 밤낮으로 친구들과 함께 산, 강, 바다, 들, 논밭에서 뛰어놀 자유를 보장하는 것이다.

리처드 루브는 많은 연구와 실험 결과를 종합하면서, 자연을 통해 흡수하게 되는 육체적, 심리적 영양소 비타민 엔(N)은 우리 아이들의 자기존중감과 자신감을 높이고, 타자에 대한 배려와 고통에 공감하는 능력을 향상하며, 창의력과 문제해결력을 개선하고, 예술적 감수성과 감상력을 높여 준다고 보고했다.

그래서 나는 자연으로 아이들을 초대할 궁리를 했다.

숲과 직접 만날 수 없다면, 아이들이 자연을 마음으로 보는 법을 알려 주고 싶었다. 꿈틀꿈틀 아이들 마음속에 잠들어 있을 상상을 깨우고 싶었다.

아이들은 나무가 어떻게 노래하는지 알고 있을까?

숲을 깨우기 위해 겨울 내내 꽁꽁 언 차가운 얼음 밑으로 봄이 얼마나 많은 입김을 불어 넣었는지 궁금하지 않을까?

나는 아침마다 나의 침실 창가로 놀러와 나를 깨우는 녀석은 동고비였고 여름날 저녁, 산책길에서 흔히 들었던 그 소리가 호랑지빠귀였다는 것을 알게 되었다.

앞마당에 밤 그림자가 길게 드리우고 이불 같은 어둠이 마을을 덮으면 어느새 하늘은 반짝반짝 무수한 별들로 가득 찬다.

속닥거리는 별들의 소리가 자장가처럼 들리고 우리가 잠든 사이 별똥별은 무수히 떨어진다.

떨어진 별은 어느 곳에서 별꽃이 되어 군락을 이루며 살아간다는 것을 나는 믿게 되었다.

별이 꽃으로 피어나는 날, 한 번도 눈길을 주지 않았던 작고 사랑스러운 꽃마리도 기억하게 되었다. 자연이 내게 가르쳐 준 것은 사랑이었다.

그래서 우리나라 최초의 구연동화작가상을 안겨준 다섯 편의 작품을 포함한 자연의 이야기로 첫 작품집을 소개하고 싶었다. 내가 책을 만들게 된 이야기이다.

2018년 12월

박미정

차례

여는 글 ✳ 5

자연동화

동시

토끼와 아기 곰

아기 곰은 **옹달샘**에게 다가갔어요.

아기 곰은 아이스크림을 먹는 것처럼 **옹달샘**을 핥아 먹었지요.

"이 물은 톡 쏘는 맛이 **사이다** 같고 상큼한 것이 **사과** 같네."

아기 곰은 **옹달샘**에 얼굴을 담그고 세수도 했어요.

"이 샘에 얼굴을 씻으면 미남이 되겠어."

그러고는 샘에 발을 담그고 마구 흔들었어요.

"하루의 피로가 금방 사라지겠는 걸."

기분이 좋아진 **아기 곰**은 **옹달샘**에 기대었지요.

따뜻한 햇살이 등을 비추니 아기 곰은 폭신폭신한 구름 요에 있

는 것 같아 스르르 눈이 감겼어요.

그때였어요.

이 광경을 나무 위에서 바라보던 **다람쥐**가 말했어요.

"너는 **옹달샘**을 **사랑**하지 않는구나."

깜짝 놀란 **아기 곰**이 말했지요.

"무슨 소리야! 난 이 **옹달샘**이 너무 좋아."

"**사랑**한다면 소중하게 다루어야지."

"소중하게?"

고개를 갸우뚱거리고 있는 **아기 곰**을 딱하게 여긴 **다람쥐**가 한 가지 제안을 했어요.

"곧 **토끼**가 올 거야. **옹달샘**에게 어떻게 하는지 나무 뒤에서 잘 보렴."

"알았어."

조금 있으니 **토끼** 한 마리가 주위를 두리번거리며 조심스레 **옹달샘**에게 왔어요.

"어머, **옹달샘** 주변이 지저분하네."

토끼는 **옹달샘** 주변을 깨끗이 청소하고는 **옹달샘**에게 말했어요.

"잘 지냈니?"

토끼는 웃으며 **옹달샘**에 손을 갖다 대더니 부드럽게 물을 떠 마셨어요.

이 광경을 보고 있던 **아기 곰**은 더 이상 참을 수 없어 **토끼** 앞에 나타났어요.

토끼는 갑자기 나타난 **아기 곰**을 보고 벌벌 떨며 도망가려고 했어요.

그러자 **아기 곰**이 말했어요.

"왜 도망가려고 하니?"

"넌 나를 잡아먹을 거잖아."

토끼의 말에 **아기 곰**은 두 손을 마구 흔들며 말했어요.

"아니야. **옹달샘**을 소중하게 여기는 너의 예쁜 마음을 칭찬해 주고 싶었을 뿐이야."

"정말!"

"당연하지. 곰은 항상 **토끼**를 잡아먹기만 한다고 생각하지 마."

토끼는 **아기 곰**의 말에 안심이 되었는지 웃으며 말했어요.

"미안."

그날 이후 **아기 곰**은 **옹달샘**을 소중하게 여기게 되었고 **토끼**와 친구가 되었답니다.

＊곰이 옹달샘에 와서 어떤 행동을 했나요?

＊만일 여러분이 옹달샘에서 발을 씻는 곰을 보았다면 어떻게 했을까요?

＊여러분을 소중하게 생각해 주는 사람은 누구인가요?

＊자연을 소중하게 여기는 행동에는 어떤 것이 있을까요?

＊아기 곰과 토끼가 친구가 될 수 있었던 건 무엇 때문일까요?

아기 돼지의 별 보기

지붕으로 올라간 **닭**과 **고양이**는 무엇을 하는 걸까요?

고양이가 손 망원경을 만들어 하늘을 보며 말해요.

"저기 보이는 **달**과 **별**은 마주 보며 이야기를 하고 있는 것 같아."

닭은 고개를 끄덕이며 말했어요.

"둘이 다정해 보여."

닭과 **고양이**의 이야기를 언제나 두 귀를 쫑긋 세우며 듣고 있는 친구가 있었지요.

바로 **아기 돼지**랍니다.

아기 돼지는 **별**이 어떻게 생겼는지 정말 궁금했어요.

"**별**은 무슨 모양일까? 네모, 동그라미 아니면 세모일까? **별**은 무슨 색깔일까? 빨강색, 노란색 아니면 나처럼 분홍색일까?"

아기 돼지는 **닭**과 **고양이**에게 물어보고 싶었지만 용기가 나지 않았어요.

그러던 어느 날 **아기 돼지**는 용기를 내어 **닭**에게 물었지요.

"**별**이 반짝이는 건 자전거 불빛처럼 동그랗기 때문이니?"

아기 돼지의 말에 **닭**이 **"깔깔깔"** 웃으며 말했어요.

"너도 하늘을 보렴. 그럼 **별**이 어떻게 생겼는지 알 수 있잖아?"

그러자 **아기 돼지**는 슬픈 표정으로 말했어요.

풀이 자라는 소리를 들어 보지 않을래

"내 목은 짧고 굵어 하늘을 볼 수 없어."

닭은 **아기 돼지**가 불쌍했어요. **달**과 **별**을 볼 수 없으니까요.

그래서 **닭**과 **고양이**는 **아기 돼지**를 도울 방법을 생각해 냈어요.

바로, 높은 산으로 가면 **아기 돼지**도 **별**을 볼 수 있을 거라고 말이지요.

다음 날, **닭**과 **고양이** 그리고 **아기 돼지**는 산으로 올라갔어요.

아기 돼지는 산을 오르는 게 너무 힘들었지요.

하지만 **별**을 본다는 생각에 마음은 기뻤어요.

얼마나 올랐을까요?

세 친구 앞에 커다란 바위가 나타났어요.

그러자 **고양이**는 바위를 **"폴짝"** 넘어갔지요.

닭은 **"푸드덕"** 날아갔어요.

아기 돼지도 용기를 내어 바위 위로 **"껑충"** 뛰었어요.

그런데, 그만 미끄러져 산 아래로 **동글동글** 굴러갔지 뭐예요.

아기 돼지는 무서워 두 눈을 꼭 감았어요.

동글동글 구르던 **아기 돼지**는 낙엽이 수북이 쌓인 곳에서 멈추었지요.

아기 돼지는 눈물이 났어요. 몸이 아파서 울었을까요?

아니에요.

별을 볼 수 없다는 생각에 눈물이 난거예요.

아기 돼지는 다시 산을 오르겠다는 다짐을 한 후, 눈을 떴지요.

아! 신기하고 놀라운 일이 일어났어요.

누워 있는 **아기 돼지** 위로 **반짝반짝** 빛나는 것들이 아주 많이 보였거든요.

아기 돼지가 하늘을 가리키며 말했어요.

"오! 저게 **별**이니?"

헐레벌떡 달려온 **닭**과 **고양이**도 하늘을 보았지요.

하늘에는 수많은 **별**들이 은하수에 미끄럼을 타며 **반짝반짝** 빛나고 있었어요.

"와우! 멋지다."

아기 돼지 옆에 **닭**과 **고양이**도 나란히 누웠지요.

세 친구는 노래를 불렀어요.

♬별님이 반짝반짝, 달님도 반짝반짝 우리도 반짝반짝, 마음은 행복 가득♪♬

다음 날 아침이 밝아 올 때까지, 세 친구는 **달**과 **별** 이야기를 하며 즐거운 시간을 보냈답니다.

＊왜 아기 돼지는 별을 볼 수 없었나요?

＊아기 돼지는 어떻게 별을 볼 수 있었나요?

＊밤하늘의 별을 본 적이 있나요?

＊만약 여러분이 아기 돼지처럼 별을 볼 수 없다면 기분이 어떨까요?

＊별들과 이야기를 나눠 본 적이 있나요? 만일 없다면 무슨 이야기를 하고 싶나요?

＊아기 돼지의 입장이 되어 별을 보여 준 고양이와 닭에게

　감사의 글을 써 보세요.

＊혹시 여러분 주위에 아기 돼지처럼 도움이 필요한 친구

　들이 있나요?

지우개똥

목욕탕에서

무슨 일 있었니?

휴 한숨 쉬며 하는 말

난 지우개야

내 몸에서 지우개똥이

자꾸자꾸 나오잖아

엄마 닮았구나

풀이 자라는 소리를 들어 보지 않을래

도시로 간 매미

시골 **매미**가 이른 아침부터 부지런히 짐을 싸고 있어요.

호기심 많은 **나비**가 물었지요.

"**매미**야, 어딜 가려고 하니?"

매미는 **나비**를 쳐다보지도 않은 채 열심히 짐을 싸며 말했어요.

"도시로 갈 거야."

"**왜?**"

"왜라니! 아름다운 불빛이 반짝이는 도시에서 밤새도록 노래하며 살 거야."

매미는 휘파람을 불며 도시로 떠났어요.

며칠이 지났어요.

"맴맴 매암, 맴맴 매암"

"이상하다. 내 친구 **매미** 소리와 똑같네."

나비는 주변을 두리번두리번 살폈지요.

그랬더니 도시로 이사 갔던 **매미** 친구가 시골로 다시 왔지 뭐예요.

"친구야!"

매미는 얼굴을 붉히며 말했어요.

"도시는 내가 살 곳이 아니었어."

"왜? 멋진 조명이 없었니?

"있었지. 밤마다 **빨강, 노랑, 파랑** 조명이 있는 환상적인 곳이었어."

"그런데 **왜**?"

매미는 한숨을 쉬며 말했어요.

"내가 신나게 노래를 부르고 있는데 술 취한 아저씨가 오더니, 시끄럽다며 욕을 하는 거야."

"아, 무서워."

"맞아. 난 겁이 나서 이사를 했지. 내가 이사한 곳은 황금색 새 조각이 있는 멋진 가로등이었어. 그곳에서 난 귀족이 된 것 같았어."

나비는 부러운 눈으로 **매미**를 바라보며 말했어요.

"네가 꿈꾸던 곳을 찾았구나."

매미는 나무 수액을 한 모금 마시고는 말했어요.

"나도 너처럼 생각했어. 그래서 어느 때보다 더 신나게 노래를

풀이 자라는 소리를 들어 보지 않을래

불렀지. 그런데….”

매미가 갑자기 말을 멈추고 꽥꽥거리기 시작했어요.

“대체 무슨 일이 있었던 거야?”

나비는 깜짝 놀라 물었지요.

“내가 노래를 부르고 있는데 차가운 바람이 느껴지는 거야.

난 궁금해서 힘껏 마셨지. 그런데 그건 **살충제**였어. 하마터면
죽을 뻔했지 뭐야.”

매미는 그때의 악몽을 떠올리며 몸을 부르르 떨었어요.

그러고는 다시는 도시로 가고 싶지 않다면, 고개를 **절레절레**
흔들었어요.

이야기 나누기

＊매미가 시골로 다시 돌아온 이유는 무엇일까요?

＊여러분이 매미라면 다시 시골로 돌아올 때 어떤 생각이 들었을까요?

＊혹시 여러분도 좋아 보였던 것을 쫓아다니다가 다시 돌아온 적이 있나요?

＊시골 매미는 낮에만 우는데, 도시 매미는 밤에도 우는 이유를 알고 있나요?

＊매미의 한살이에 대해 알아보기로 해요.

자연 동화

고마운 비

어느 날, 커다란 **구름**이 빗방울을 똑똑똑 떨어트리며 **나무**를 깨웠어요.

"아이 귀찮아."

나무는 눈도 뜨지 않은 채 막 짜증을 내지 뭐예요.

그러자, 하늘에서 굵은 빗줄기가 내려와 **나무**를 흔들었지요.

"아이참! 누가 나를 깨우는 거야?"

"나야."

"아! **비**님. 며칠째 **비**님이 오지 않아 목도 마르고 힘도 없어 잠만 잤어요."

물이 자라는 소리를 들어 보지 않을래

"그랬구나. 이제 물을 마시렴."

비와 나무는 서로 부둥켜안으며 도란거렸어요.

"제가 있는 곳은 차들이 많이 지나다녀 제 몸이 빨리 더러워져요."

"그럼, 목욕도 하렴."

비는 바람 따라 빗줄기를 움직이며 나무를 씻겨 줬어요.

기분이 좋아진 나무가 방긋거리며 말했어요.

"아낌없이 물을 주는 비님에게 저도 선물을 하고 싶어요."

"나는 선물을 받았단다."

"저는 선물을 드린 적이 없는데요."

"지저분해진 너희들을 목욕시켜 주고 나면 나도 기분이 상쾌해져. 그게 선물이야."

"예에? 그게 선물이라고요?"

"응, 내가 구름을 타고 바쁘게 와서 비를 내리면, 농부들은 기뻐서 들로, 논으로 나와 일을 하지. 난 그 모습을 보면 행복해."

"하지만 힘들잖아요."

"힘든 마음보다 기쁜 마음이 훨씬 더 크단다. 너도 누군가에게 기쁨을 주면 너 자신이 더 기쁘다는 걸 알게 될 거야."

비의 말을 이해할 수 없는 **나무**는 가지를 이리저리 흔들어 보이며 말했어요.

"저는 **선물**을 줄 때보다 받을 때 더 기쁠 것 같은데요."
"그러니?"

나무의 말에 미소를 지으며 **비**는 떠났어요.

어느새, 태양이 내려와 뜨겁게 비추었어요.

하지만 **나무**는 몸속에 물을 가득 담아 두었기에 힘차게 가지를 뻗칠 수 있었어요.

그때 한 **농부**가 **나무**에게로 바짝 다가와 말했어요.

"더워서 못 걷겠는데 **나무**가 있으니 다행이야. 역시 선풍기보다 **나무 그늘**이 훨씬 시원하다니까."

농부는 기쁜 얼굴로 **나무**를 바라보며 말했어요.

"허허, 오늘은 **나무**도 기분이 좋은지 **시원한 바람**을 선물해 주는구나."

이야기 나누기

＊비는 나무에게 선물을 주고, 나무는 결국 누구에게 선물을
  주었나요?

＊여러분 주위에서 비처럼 아낌없이 선물을 주면서 행복해하
  는 사람은 누구인가요?

＊자신이 만들어 준 그늘에서 농부가 행복하게 쉬는 모습을
  본 나무의 심정은 어땠을까요?

＊여러분도 누구에게 선물을 줄 때 마음이 어땠는지 얘기해 봐요.

＊빗방울이 잎사귀에 떨어져 몽글몽글 맺혀 있는 모습을 본
  적이 있나요? 혹은 빨랫줄에 대롱대롱 매달려 있는 빗방울
  을 본 적이 있나요?

＊비가 그치고 날씨가 갠 후, 하늘을 바라보며 느낌을 말해
  보아요. 평소와는 다른 하늘을 만날 수 있을 테니까요.

숨바꼭질

파란 하늘 운동장에

구름 떼가 놀러 나왔다

구름 양, 구름 토끼, 구름 강아지 그리고

어느새

그 많은 구름은 보이지 않아

무슨 일일까?

산머리 저기 살짝 구름모자 보이네

숨바꼭질하는구나

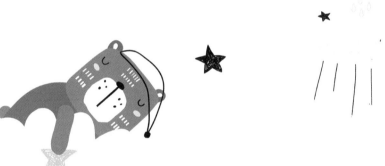

너무 억울해

뱀들이 모여서 억울한 자신들의 처지를 서로 하소연하고 있었어요.

"사람들이 우리를 보면 왜 비명부터 지를까?"

"그러게 말이야."

뱀 한 마리가 한숨을 쉬며,

"난, 더럽다는 말도 들었어. 우리가 얼마나 깨끗한데."

몸을 돌돌 말고 있던 **뱀**은 슬픈 표정을 지으며 말했어요.

"사람들이 얼렁뚱땅 일 처리하는 사람을 뭐라 하는 줄 아니?"

"뭐라 하는데?"

"**구렁이** 담 넘어가듯 한다고 말하지."

"우리 **뱀**들을 무시하는 거잖아."

다른 **뱀**도 맞장구를 쳤어요.

"마음씨 나쁜 사람을 두고 **뱀**처럼 고약하다고 말해."

"어머! 그렇게 심한 말을."

뱀들은 사람들이 자신들을 나쁘게 생각하는 것이 속상해 한숨만 푹푹 쉬었지요.

그때, 먼 산을 바라보며 **혀**를 날름거리던 **뱀**이 말했어요.

"우리가 **혀**를 날름거리기 때문에 사람들이 싫어하는 게 아닐까?"

"맞아. 우리 **혀**를 보고 징그럽다고 말하잖아."

다른 **뱀**도 고개를 끄덕였어요.

"그럼, **혀**를 날름거리지 않고 살면 어떨까?"

"좋은 생각이야."

"안 될 소리! 우리가 **혀**를 날름거리는 건 **냄새**를 맡기 위해서야."

"**코**로도 충분하지 않을까?"

"**코**보다 **냄새**를 훨씬 잘 맡도록 도와주는 **혀**를 포기할 순 없어!"

뱀들은 자신의 생각이 옳다며 서로 떠들기 시작했어요.

그러자 이 광경을 가만히 지켜보고 있던 늙은 **뱀**이 말했어요.

"으흠, 인간들이 하는 말 중에 **뱀**이 앞길을 먼저 가면 재수가 좋다는 말도 있다네."

"정말요?"

"그렇고말고. 그러니 누가 무슨 말을 하는지에 너무 신경들 쓰지 말게."

그 말을 들은 **뱀**들은 억울해하는 마음을 버렸답니다.

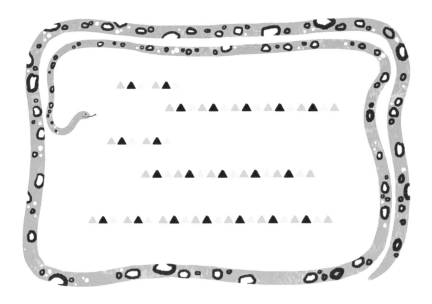

이야기 나누기

* 사람들은 왜 뱀을 안 좋게 생각할까요?

* 여러분도 뱀처럼 다른 사람으로부터 억울한 평가를 받아

  본 적 있나요?

* 겉모습만 보고 상대를 미리 안 좋게 생각해 본 적이 있나요?

* 모든 사람에게는 나쁜 점도 있지만 좋은 점도 있어요.

  자신의 좋은 점 3가지를 써 보세요.

청소하기 싫어요

"방 **청소**는 싫어."

청소가 싫어서 걸레만 들고 왔다 갔다 하는 **꿀벌**이 혼잣말로 중얼거렸어요.

그 모습을 보고 다른 **꿀벌**이 말했어요.

"너 일하는 척만 할 거야?"

나무라는 말에 **꿀벌**은 더 큰소리로 대답하지 뭐예요.

"열심히 하면 되잖아."

"청소 끝나면 애벌레 밥도 줘야 하니까 꾸물거릴 시간 없어"

"아! 몰라, 몰라."

꿀벌은 **청소** 대신 들판을 날아다니며 놀고 싶었어요.

그런데, **꿀벌**의 소원이 드디어 이루어졌어요.

"이제, 놀기만 하면 되는 거지. **야호!**"

신이 난 **꿀벌**이 엉덩이를 마구 흔들어 대며 벚나무에 앉았어요.

꿀벌이 앉아 있는 벚나무에 **참새**들이 와서 벚꽃을 열심히 따고 있었지요.

꿀벌은 벚나무 아래 가득 쌓인 벚꽃들이 신기해 **참새**에게 물었어요.

"너희들은 왜 꽃을 따는 거니?"

"배가 고파서. 꽃에 있는 **꿀**을 먹으려고."

"그럼, 쪽 빨아 먹으면 되잖아. 귀찮게 왜 꽃을 따는 거야."

"우리는 부리가 짧고 굵어서 꽃을 따서 먹어야 해."

그 말을 들은 **꿀벌**은 자기 자랑을 늘어놓기 시작했어요.

"우리 **벌**들은 긴 주둥이로 **꿀**을 쪽 빨아 **꿀**주머니를 채우지.

그리고 꽃가루는 둥글게 만들어 뒷다리에 붙여 집으로 나르는 선수란다."

그 말을 들은 **참새**들이 **꿀벌**을 향해 다가와 입을 크게 벌리며 말했어요.

"그럼, 우리도 너처럼 되기 위해 너를 잡아먹어야겠군."

"뭐! 안 돼."

꿀벌은 살려 달라고 **엉엉** 울며 온몸을 흔들었어요.

그때, 무언가가 **꿀벌**의 머리를 툭툭 쳤어요.

"야! **청소**는 안 하고 잠만 자냐."

반가운 목소리에 정신이 번쩍 든 **꿀벌**이 눈을 떴어요.

"무슨 꿈을 꿨기에 요란스럽게 우냐?"

"휴! **청소** 중이라 **다행이다**."

"놀고 싶다더니 무슨 말이야?"

꿀벌은 부끄러워 얼굴을 두 손으로 감싸며 말했어요.

"아무것도 아니야. 여기가 훨씬 좋아."

무서운 꿈 때문이었을까요? **꿀벌**의 툴툴대는 소리는 들리지

않았어요.

이야기 나누기

* 참새와 꿀벌이 꿀을 먹는 방법은 어떻게 다른가요?

* 꿀벌이 잠에서 깨어난 후, 왜 방 청소하기가 싫지 않았나요?

* 여러분이 만약 꿀벌이라면 악몽에서 깨어났을 때 어떤 생
   각이 들까요?

* 벌이 하는 좋은 일에는 어떤 것이 있을까요?

* 방 청소를 하고 난 후 기분이 좋았던 적이 있나요?
   있다면 왜 좋았나요?

* 벌의 습성에 대해 알아보기로 해요.

풀이 자라는 소리를 들어 보지 않을래

숫자 세기

하나, 둘, 셋, 넷

하나, 둘, 셋, 넷

하나, 둘, 셋, 넷

다음이 뭐더라

아무리 세어 봐도

도무지 생각 안나

이건

새끼손가락

풀이 자라는 소리를 들어 보지 않을래

사자 울음소리

"어흥, 어흥, 어흥."

어디선가 **사자** 울음소리가 들렸어요.

그 소리가 얼마나 컸던지 **원숭이** 한 마리가 벌렁 넘어지지 않

겠어요.

이를 본 **원숭이**들이 한마디씩 거들었어요.

"저 **사자**는 항상 자기가 최고라고 으르렁거려."

"그러게. 난 놀라서 나무에서 떨어진 적도 있어."

"잘난 척하는 저 녀석을 혼내 주고 싶어."

고개를 끄덕이던 **원숭이**가 맞장구를 치며 말했어요.

"어떻게 하면 사자를 혼내줄 수 있을까? 애들아 생각 해 봐."

한 손을 턱에 두고 고개만 갸우뚱거리는 **원숭이**,

두 눈을 커다랗게 뜨고는 먼 곳을 바라보는 **원숭이**.

어떤 **원숭이**는 도무지 생각이 안 난다며 두 귀를 잡고 고개를 마구 흔들었어요.

그때, **원숭이** 한 마리가 박수를 치며 말했어요.

"좋은 방법이 있어."

"좋은 방법?"

"우리가 합창으로 **사자** 목소리를 흉내 내어 **'어흥'** 하는 거야. 그러면 **사자**도 놀랄 걸."

"좋은 생각이야, 사자도 당해 봐야 자기 목소리가 얼마나 큰지 알게 될 거야."

"그렇긴 한데. **원숭이**들을 다 모이려면 시간이 너무 걸려."

"그럼, **사자**가 자고 있을 때 **사자 수염**에 리본을 다는 건 어때?"

"킥킥킥. 우스꽝스러운 **사자**가 되겠네."

"맞아, 맞아."

다들 좋은 생각이라며 기뻐했어요.

"그런데, 누가 **사자 수염**에 리본을 달지?"

그러자 아무도 나서는 **원숭이**가 없었어요.

"내가 할게!"

원숭이들은 자기가 하겠다고 나서는 자신만만 **원숭이**에게 기회를 주기로 했어요.

나무 그늘에서 자고 있는 **사자**가 보이네요.

자신만만 **원숭이**가 리본을 들고 **사자** 등 뒤로 **조심조심** 다가갔어요.

그때, 휙 바람이 불어와 **원숭이** 손에 들린 리본이 **사자** 꼬리에 떨어졌지 뭐예요.

사자가 꼬리에 리본을 달고 있는 것처럼 보여요.

그 광경이 너무 우스꽝스러워 자신만만 **원숭이**가 큰 소리로 웃고 말았어요.

"우하하하하~"

웃음소리에 일어난 **사자**가 **원숭이**를 보았어요.

"어흥, 어흥, 어흥."

원숭이는 정신없이 도망치며, 다시는 위험한 행동을 하지 않겠다고 결심했답니다.

＊여러분이 원숭이라면 사자 울음소리를 들었을 때 어떤 생
  각이 들까요?

＊원래 원숭이는 사자의 어디에 리본을 달기로 했나요?

＊만약 여러분이 사자라면 꼬리에 리본을 달아 준 원숭이에
  대해 어떻게 생각할까요?

＊여러분도 계획했던 일을 제대로 못해 본 적이 있나요?
  있다면 그 이유는 무엇인가요?

다람쥐야, 부탁해

다람쥐 한 마리가 참나무 숲 주변을 두리번거리고 있어요.

다람쥐는 사람들을 졸졸졸 따라가더니 꼬리를 마구 흔들어요.

"맛있는 초콜릿을 주세요."

등산객이 초콜릿을 주자, **다람쥐**는 기뻐서 팔딱팔딱 뛰어요.

초콜릿을 맛있게 먹고 있는 **다람쥐**에게 **참나무**가 물었지요.

"맛있니?"

"그럼! 환상적이게 달달한 이 맛을 너는 모를 거야."

다람쥐는 꼬리를 빳빳하게 세우더니 꼬리 끝을 살랑살랑 흔들었어요. 궁금해진 **참나무**가 물었어요.

"넌 꼬리를 왜 그렇게 하니?"

"이건 내가 기분이 아주 좋다는 거야."

그 말에 **참나무**가 길게 한숨을 쉬자, 깜짝 놀란 **다람쥐**가 물었어요.

"난 기분이 좋은데 넌 걱정이 있나 보구나?"

그러자 **참나무**가 조심스레 말했지요.

"우리 **참나무**를 위해 네가 **도토리**를 땅에 묻어 주면 안 될까?"

"내가 왜?"

"너희들이 겨울에 미처 못 먹은 **도토리**는 뿌리를 내려 참나무가 되었지."

"맞아. 우리 덕분에 **참나무 숲**이 생겨났지."

다람쥐가 으스대며 말했어요.

"그런데 왜 지금은 **도토리**를 땅에 묻지 않는 거니?"

참나무의 말에 **다람쥐**가 꼬리를 세운 채로 빠르게 흔듭니다. **다람쥐**가 화가 났네요.

"네가 무슨 상관이야!"

"너희들이 **도토리**를 땅에 묻어 놓지 않으면 **참나무 숲**은 없

어지고 말 거야."

"흥!"

집으로 돌아온 **다람쥐**는 고민이 많습니다.

달콤한 초콜릿이 좋아 **도토리**를 안 먹은 지 벌써 오래되었거든요.

다람쥐는 슬퍼하던 **참나무**의 말이 떠올랐어요.

"**참나무 숲**을 위해 맛있는 초콜릿을 포기해야 되는 건가."

며칠 뒤, **다람쥐**는 **참나무**를 만났어요.

"너의 말이 맞아. **참나무**들과 오래오래 이 숲에서 사는 게 초

콜릿보다 더 중요해. 이제부터 **도토리**를 땅속에 묻어 놓을게."

참나무는 너무 기뻐 **도토리**를

"똑 똘똘 똑 또르르" 땅으로 뿌렸답니다.

＊다람쥐가 초콜릿만 먹자 참나무는 어떤 걱정이 생겼나요?

＊참나무는 다람쥐에게 어떤 도움을 주고, 다람쥐는 참나무에게 어떤 도움을 주나요?

＊만약 다람쥐가 초콜릿만 먹고 도토리는 먹지 않아서 먼 훗날 참나무가 사라진다면 다람쥐에게는 어떤 영향이 있을까요?

＊여러분도 다람쥐와 같이 우선 먹기 좋은 것만 좋아한 적이 있나요? 있다면 어떤 것인가요?

＊숲을 위해서 자기가 좋아하는 초콜릿을 포기한 다람쥐의 심정이 어땠을까요? 여러분도 그런 적이 있나요?

＊A forest is in an acorn(도토리 하나에서 숲이 시작된다).는 말의

의미를 생각해 보아요.

동시

버스

부렁부렁

깔깔깔깔

부렁부렁

깔깔깔깔

은성아

이모랑 버스 타니 좋아

아니야 아니야

버스가

자꾸자꾸

방구 꿔잖아

풀이 자라는 소리를 들어 보지 않을래

꽃들의 옷

해님이 **꽃**들에게 색깔 옷을 선물하겠다고 약속한 날이 내일로 다가왔어요.

나팔꽃, 채송화, 팬지는 해님에게 서로 **노란** 옷을 달라고 할 거라며 다투고 있네요.

"내가 **노란** 옷을 입어야 한다니까."

키 작은 **채송화**가 큰소리로 말했어요.

"무슨 소리. 내가 **노란** 옷을 입을 거야."

나팔꽃도 질 수 없어 목을 쭉 빼고 말했지요.

그러자 **채송화**와 **팬지**가 동시에 **나팔꽃**에게 말합니다.

"우리는 작아서 눈에 띄려면 **노란** 옷이 필요해."

나팔꽃은 채송화와 **팬지**에게 **노란** 옷을 양보해야 하나 고민이 되었어요.

생각에 빠진 **나팔꽃**은 **개나리** 가지에 넝쿨을 칭칭 감고 돌담으로 올라갔어요.

그때, 누군가 소리를 쳤어요.

"누가 내 목을 조르는 거야. 아이고! 답답해."

당황한 **나팔꽃**의 얼굴이 파랗게 질렸어요.

나팔꽃은 **개나리**에게 감았던 넝쿨을 풀며 사과를 했어요. 너무 미안했거든요.

그런데 **개나리**가 **나팔꽃**을 칭찬하지 뭐예요.

"파란 너의 모습은 정말 예쁘구나!"

그 말을 들은 팬지도 **나팔꽃**을 보고는 깜짝 놀랐지요. **파란 나팔꽃**이 너무 예뻤거든요.

팬지는 갑자기 **파란** 옷이 입고 싶어졌어요.

하지만 **노란** 옷도 포기하고 싶지 않았어요.

그래서 **팬지**는 **채송화**와 의논해 보기로 했지요.

"우리가 **파란** 옷을 입으면 눈에 띄지 않을 걸."

채송화의 말에 실망한 **팬지**를 위해, **채송화**는 좋은 방법이 없을까 생각해 보았지요.

"노랗고 파란 옷은 어때? 멋질 것 같은데."

팬지는 아주 좋은 생각이라며 휘파람을 불었어요.

기뻐하는 **팬지**를 보며 **채송화**도 고민이 되었어요.

"나도 특별한 색깔 옷이 입고 싶어지네."

채송화는 생각에 빠져 가만히 **하늘**을 바라보았어요.

그때, **하늘**에는 **주황색**의 아름다운 노을이 꽃밭으로 내려오고 있었지요.

그 모습이 너무 아름다워 **채송화**는 입을 다물지 못했어요.

"아! 바로 저거야."

채송화는 노을과 똑같은 색깔 옷을 입어야겠다고 생각했어요.

그럼, **개나리**는 어떻게 되었을까요?

인심 좋고 마음씨 넉넉한 **개나리**는 말했지요.

"난 너희들이 원하지 않는 색깔 옷을 입을게. 나는 꽃잎도 많고 길어서 어떤 색깔이 되어도 상관없단다."

풀이 자라는 소리를 들어 보지 않을래

그렇게 해서 **채송화**는 노을을 닮은 **주황색**이 되었고,

팬지는 **노란색**과 **파란색**을 가진 귀여운 **꽃**이 되었어요.

그리고 부끄럼 많은 **나팔꽃**은 **파란색**이 되었지요.

물론 **개나리**는 **노란색**이 되었답니다.

이야기 나누기

풀이 자라는 소리를 들어 보지 않을래

＊나팔꽃은 왜 파란색이 좋아졌나요?

＊서로 좋아하는 색깔의 옷을 입으려고 형제끼리 다투거나 친구들의 옷을 부러워한 적이 있나요?

＊좋아하는 꽃이 있나요? 좋아하는 이유가 무엇인가요? 그리고 어떤 색깔 옷을 입은 꽃인가요?

＊꽃과 이야기를 나눠 본 적이 있나요? 꽃을 친구로 만들어 보세요. 아주 기분이 좋아지는 걸 경험할 거예요.

＊위 그림의 꽃들은 어떤 색깔 옷이 좋을까요? 상상의 색깔을 만들어 보세요.

쥐똥나무의 사랑

한적한 길에 작고 하얀 꽃들이 사이좋게 달려 있는 **나무**가 있었어요.

어느 날, **까치** 한 마리가 **나무** 옆을 날아가고 있었지요.

"어머! **향기**가 참 좋은 **나무**네."

까치는 가는 길을 멈추고 나뭇가지에 앉았어요.

"음! 아카시아도 라일락도 아니고 이 **향기**는 뭘까?"

까치는 깊이 숨을 들이마시며 **향기**에 빠졌어요.

기분이 좋아진 **까치**는 아름다운 목소리로 노래를 부르기 시작했지요.

"아름다운 **향기**를 풍기는 **나무**가 있어요."

향기에 반한 **까치**는 빙그르르 돌며 말했어요.

"**향기**는 즐거움. **향기**는 행복. 마음이 슬프면 여기로 와서 **향기**를 맡으세요."

그날 이후, **까치**는 날마다 **쥐똥나무**에게 놀러 왔어요.

그러고는 노래를 부르고 춤도 추고 한나절을 놀았어요.

까치 덕분에 **쥐똥나무**는 너무 행복했지요.

쥐똥나무는 **까치**가 오는 시간이 매일매일 기다려졌어요.

그런데, 어느 날부터 **까치**가 오지 않았어요.

하루, 이틀, 사흘, 여러 날이 지나가도 **까치**는 보이지 않아요.

쥐똥나무는 슬퍼서 눈물이 났어요.

"**까치**가 보고 싶다."

쥐똥나무는 한숨을 길게 쉬며 **까치**가 불렀던 노래를 따라 했어요.

"노래를 불러도 보고 싶은 마음이 사라지지 않네."

어느새 **쥐똥나무**는 **까치**를 사랑하게 된 거예요.

쥐똥나무는 **까치**가 자신의 **향기**에 반해 다시 찾아오기를 기대했어요.

그래서 **쥐똥나무**는 하얀 꽃잎을 사정없이 흔들었지요.

온 동네에 **향기**가 진동하자 벌과 나비들이 몰려왔어요.

"우리 동네에 이렇게 **향기** 좋은 **나무**가 있는 줄 몰랐네."

"그러게. 이제 여기서 꿀을 먹어야겠어."

벌과 나비의 칭찬에도 **쥐똥나무**는 행복하지 않았어요.

까치가 오지 않았거든요.

쥐똥나무는 **까치**를 그리워하며 매일매일 꽃잎을 흔들어 향기를 풍겼지요.

그 바람에 **나무**에 있던 꽃잎이 다 떨어지고 말았어요.

그러던 어느 날, **까치**가 드디어 나타났어요.

쥐똥나무는 너무 반갑고 기뻐 눈물이 났어요.

하지만 **까치**는 고개를 갸우뚱거리며 말하지 뭐예요.

"이상하다. 분명 이 **나무** 같은데 하얀 꽃들이 없네."

까치는 나무 주변을 빙 돌더니 말했어요.

"시커멓게 쥐똥처럼 지저분하게 생긴 저건 뭐지?"

쥐똥나무는 너무 슬펐어요.

여름 내내 피어 있던 하얀 꽃은 다 떨어지고 이제 쥐똥 같은 열매만 남아 있었거든요.

"어떡하지. 나를 못 알아보네."

쥐똥나무는 사랑하는 **까치**가 그냥 가 버릴까 봐 겁이 났어요.

"그래! 바로 그거야!"

쥐똥나무는 쥐똥 같은 열매에 **향기**를 듬뿍 담아 힘껏 풍겼어요.

그러자 **까치**가 말했지요.

"아! 하얀 꽃이 쥐똥이 되었구나!"

까치가 자신을 알아보자 **쥐똥나무**는 너무너무 기뻤지요.

까치는 쥐똥열매에 뾰족한 입을 살며시 갖다 대더니 노래를 불렀어요.

"못생겼다고 **향기**까지 잃지는 않아요. 언제나 그 **향기**는 가질 수 있어요."

노래 소리를 들은 **쥐똥나무**는 너무 기분이 좋아 온 동네에 **향기**를 풍겼답니다.

✽ 까치가 꽃이 떨어져 버린 쥐똥나무를 알아보게 된 것은 무엇 때문인가요?

✽ 여러분이 만일 까치라면 외모가 변한 쥐똥나무를 처음과 같이 사랑할 수 있을까요?

✽ 쥐똥나무가 까치에게 그랬듯이 여러분도 잘 보이고 싶은 사람이 있나요?

✽ 까치는 외모보다 향기로 쥐똥나무를 알아보았어요. 여러분도 쥐똥나무처럼 좋은 향기를 풍기려면 어떻게 해야 할까요?

✽ 꽃들이 향기를 풍기는 이유는 무엇일까요?

가을 구름

구름은 화가인가 봐

하늘 도화지에

어제는 수채화

오늘은 수묵화를 그렸네

구름이 내 마음도

도화지로 쓰려나 봐

벌써

가을물이 들었네

풀이 자라는 소리를 들어 보지 않을래

ללי

수탉의 비밀

할머니네 **감나무**에서 매일 잠을 자는 **수탉**이 있었어요.

수탉은 **"꼬끼오"** 하며 울어 본 적이 없었지요.

그런데도 할머니는 **수탉**을 무척 아끼셨어요.

어느 날, **감나무**가 **수탉**에게 물었지요.

"너는 왜 새벽에 울지 않는 거니?"

"내 몸은 새벽 네 시가 되면 울라고 알려 주지. 하지만 난 그러고 싶지 않아."

"왜?"

"난 특별하니까. 다른 **수탉**들과 똑같이 우는 건 싫어."

풀이 자라는 소리를 들어 보지 않을래

감나무는 **수탉**이 얄미웠지만 궁금한 건 못 참아 또 질문을 했어요.

"너는 **닭장**을 두고 왜 여기서 자는 거지?"

"**감나무** 위에서 산과 들을 바라보면 기분이 좋아지고 잠이 잘 오기 때문이지."

감나무는 잘난 체하는 **수탉**이 얄미웠지만, 자기 덕분에 잘 잔다고 생각하니 기분이 좋았지요. 그런데 **수탉**은,

"내가 좋아하는 나무는 **느티나무**야. **느티나무**는 높이 올라가 멀리 쳐다볼 수 있거든."

"그럼, **느티나무**한테 가서 자야지?"

"이 주변에는 **느티나무**가 없잖아. 어쩔 수 없이 여기서 자는 거야."

"뭐? 고마움도 모르는 고약한 녀석, 앞으로 여긴 올라오지 마."

수탉은 말 한번 잘못하는 바람에 잠자리를 잃게 되었어요.

할 수 없이 벌벌 떨며 **닭장**에서 잤답니다.

왜냐고요?

매일 저녁마다 들리는 너구리 울음소리에 잡아먹힐까 봐 겁이 났거든요.

잠을 못 잔 **수탉**이 비실비실거리자 할머니가 말씀하십니다.

"이 녀석아. 어디가 아픈 거냐? 아이고, 답답해."

답답하긴 **수탉**도 마찬가지입니다.

수탉은 목소리가 고약해 매일 목청을 가다듬는 연습을 했었지요.

그런데 어젯밤은 무서워 잠을 아예 못 잤더니, 목소리가 안 나오는 거예요.

"에고고고고고!"

수탉에게 모이를 주려고 오시던 할머니가 갑자기 미끄러지셨어요.

당황한 수탉은 마당만 뻥뻥 돌고 있네요.

이 광경을 지켜보던 **감나무**가 다급한 목소리로 말합니다.

"할머니가 다치셨잖아. 사람들을 빨리 불러야지!"

감나무가 자꾸 다그치자, **수탉**은 할 수 없이 큰 소리로 울었답니다.

그 소리는 평생 들어 본 적 없는 괴상한 닭 울음소리였어요.

"꼬끼으윽 끄끄꺽, 꼬끼으윽 끄끄꺽."

수탉의 울음소리에 놀란 마을 사람들이 한꺼번에 달려왔어요.

그 덕분에 할머니는 무사히 병원으로 가셨답니다.

하지만 **수탉**은 자신의 비밀을 들킨 것 같아 **'꺼억꺼억'** 울었지요.

한참을 울고 난 **수탉**이 울음을 멈추자 **감나무**가 말합니다.

"넌 특별한 녀석이 맞나 봐."

"나를 놀리는 거 알아."

"아니야. 너처럼 특별한 **수탉** 소리를 들어 본 적이 없어."

"정말?"

"그럼!"

그러자 **수탉**이 말합니다.

"나. 사실은 너구리가 무서워서 **감나무**에서 잔 거야. 거짓말 해서 미안."

"그랬구나. 오늘부터 다시 나에게 와서 자렴."

"고마워."

"고마우면 너의 울음소리를 들려줘. 다시 듣고 싶어."

"알았어! *꼬끼으윽 끄끄꺽, 꼬끼으윽 끄끄꺽.*"

자신만만해진 **수탉**의 특별한 울음소리가 이 마을에서 저 마을 로 울려 퍼집니다.

풀이 자라는 소리를 들어 보지 않을래

이야기 나누기

＊수탉이 울음소리를 숨긴 이유를 말해 보세요.

＊수탉이 자신의 특이한 울음소리를 숨긴 것처럼 여러분도 다른 사람에게 숨기고 싶은 것이 있나요?

＊나중에 수탉이 자신의 이상한 울음소리를 자신만만하게 생각한 이유는 무엇인가요?

＊여러분이 만약 수탉의 특이한 울음소리를 처음 들은 감나무라면 수탉에게 어떤 말을 했을까요?

＊남들과 다른 점을 나만의 특별한 점으로 만들려면 무엇이 필요할까요?

햇살과 바위

따뜻한 **햇살**이 **바위**에 누워 있어요. 기분이 좋아진 **햇살**은 스르르 잠이 들었지요.

얼마나 잤을까요? 시끄러운 소리에 **햇살**이 눈을 떴어요.

"이제 그만 자고 일어나. 너무 심심해."

분명 소리는 들렸는데, **햇살**이 고개를 이리저리 돌려보아도 아무도 보이지 않네요.

"여기야. 여기를 봐."

햇살 밑에서 **바위**가 바동거리며 말을 하네요.

깜짝 놀라는 **햇살**에게 **바위**가 말했지요.

"네가 잠을 잘 자도록 해 줬으니 나랑 놀아 줘."

그러자 **햇살**이 길게 기지개를 펴면서 말했어요.

"그래! 내가 놀아 줄게. 대신, 내가 문제를 내면 맞혀야 해.

문제를 낸다는 말에 **바위**는 신이 났어요.

햇살은 아주 진지한 표정으로 말했지요.

"나는 누구일까? 맞혀 보렴."

바위는 **햇살**의 문제를 꼭 맞히고 싶었어요.

햇살은 방긋 웃으며 문제를 냈지요.

"나는 **나무**와 **나무** 사이를 뚫고 지나가지. 나는 **구름**을 뚫고
지나갈 수도 있어."

바위는 도저히 알 수 없다는 표정으로 말했지요.

"**나무**와 **구름** 사이를 뚫고 지나가는 게 세상에 어디 있니?"

바위는 **햇살**의 문제가 너무 어려운가 봐요. 하지만 조금 더
들어 보기로 했지요.

"나는 **유리창**을 뚫고 들어가지.

나는 할머니가 떠 놓은 물바가지에 들어가서 놀기도 해."

바위는 신기했는지 큰 소리로 말합니다.

"정말! 대단하네. 어떻게 할머니의 물바가지에 들어갔을까?"

그러자 **햇살**이 신이 나서 말하네요.

"나는 숟가락 위에 앉을 수도 있어."

바위는 도저히 답을 모르겠다며 고개를 절레절레 흔들더니 두 팔을 번쩍 들고 맙니다.

바위는 답을 빨리 말해 달라며 **햇살**에게 떼를 씁니다.

하지만 **햇살**은 **바위**를 간지럼 태우며 장난만 칩니다.

간지럼 많은 **바위**는 깔깔거리고 **햇살**도 크게 웃었지요.

햇살은 **바위**를 감싸더니 귓속말을 합니다.

"수수께끼의 정답은 바로 **햇살**인 나야."

햇살의 말에 **바위**는 고개를 끄덕이며 말했어요.

"못하는 게 없는 너의 재주가 부러워."

"호호호. 나도 할 수 없는 게 있는 걸."

그러자 **바위**는 호기심 가득 찬 목소리로 물었지요.

"그게 뭐야?"

"**햇살**은 **구름**과 **나무** 사이를 뚫고 가지. **유리창**도 뚫고 지나 갈 수 있어. 하지만 **바위**를 뚫고 지나갈 순 없어. 그래서 이렇게 놀다 가는 거야.”

바위는 정답을 맞히지 못했지만, 기분이 좋았어요.

그리고 자고 있던 **햇살**에게 심술을 부린 일이 미안했어요.

이제, **햇살**과 **바위**는 어떻게 되었을까요?

맞아요. 둘은 어느새 친구가 되었네요.

햇살이 말했지요.

“이제 집에 가서 씻고 자야겠어. 내일 또 놀러 와도 될까?”

“당연하지. 우리는 친구잖아.”

바위가 웃으며 말했지요.

햇살과 **바위**는 서로 인사를 나누며 도란거렸답니다.

＊햇살이 할 수 없었던 것은 무엇인가요?

＊여러분이 만일 바위라면 햇살이 놀다 가는 것이 좋을까요?

아니면 비가 놀다 가는 것이 좋을까요?

그 이유를 말해 보세요.

＊서로 친해진 햇살과 바위처럼 여러분은 누구와도 친해질

수 있어요. 누구와 친해지고 싶은지, 어떻게 다가가야 할

지 생각해 보세요.

＊여러분의 친구 중 한 명을 골라 그 친구가 왜 소중한지 그

이유를 써 보세요.

마음이 등에 있다면

도치야 화났니?

어떻게 알았어?

너의 가시가 빳빳하잖아.

나도 마음이 등에 있으면 좋겠다.

엄마가 바로 알 수 있게.

풀이 자라는 소리를 들어 보지 않을래

도토리 형제의 기도

커다란 **참나무**에 **도토리** 삼형제가 매일 **노래**를 부르며 살고 있었어요.

오늘은 **도토리** 삼형제가 **참나무**를 떠나 땅으로 내려가는 날이지요.

첫째 **도토리**가 말했어요.

"숨을 깊이 마신 후 힘껏 내뱉으면 **참나무**에서 떨어질 수 있어."

둘째 **도토리**는 신이 나서 말했지요.

"땅으로 떨어지는 건 자신 있어."

하지만 셋째 **도토리**는 울먹이며 말합니다.

"사람들이 다니는 길가에 떨어지면 어떡하지?"

둘째가 부드러운 목소리로 셋째를 달랩니다.

"숲 쪽으로 몸을 날리면 등산객의 신발에 밟히는 일은 없을 거야."

첫째도 셋째를 꼭 안아 주며 힘주어 말했지요.

"형이 네 옆에 바짝 붙어 있을 테니 걱정하지 마."

도토리 삼형제는 멋진 **참나무**가 되자고 약속도 하였지요.

그런 다음, **도토리** 삼형제는 숫자를 셋까지 세고 다 함께 땅으로 떨어지기로 했답니다.

"하나, 둘, 셋."

"또로로 또로로 또로로록."

셋째는 정신없이 몸이 굴러가자 너무 어지러워 눈을 감았어요.

"똘똘똘 톡."

겨우 까슬까슬한 것과 부딪치면서 멈추었네요.

셋째는 부딪친 것이 **도토리**라는 생각이 들자 반가워 눈을 번쩍 떴지요.

그런데 곧 실망하고 말았어요.

풀이 자라는 소리를 들어 보지 않을래

도토리는 안 보이고 모자만 뒹굴고 있었거든요.

그 옆에 다람쥐 똥이 보이네요.

셋째는 자신도 **다람쥐**에게 먹힐까 봐 벌벌 떨었어요.

셋째는 도와 달라고 **기도**를 하였어요.

그럼, 첫째는 어디로 갔을까요?

낙엽이 많아 축축하고 햇볕도 잘 드는 땅에 떨어졌네요.

하지만 동생들이 보이지 않아 걱정입니다.

"아! 동생들이 제발 안전해야 할 텐데."

첫째는 동생들을 위해 기도를 하였어요.

둘째는 어디 있을까요?

둘째는 바위틈 사이에 떨어져 낑낑거리고 있었어요.

그때, 어디선가 **새** 한 마리가 날아와 바위 위에 앉았어요.

둘째는 **새**에게 먹힐까 봐 덜컥 겁이 났어요.

하지만 **새**가 **도토리**를 물고 난다면 바위틈에서 나올 수 있지요.

그래서 둘째는 용기를 내어 **새**를 향해 **노래**를 불렀어요

"작고 귀여운 **새**야. 나를 물고 가렴. 나는 맛있는 **도토리**란다."

둘째의 **노래**를 들은 걸까요?

새가 주변을 두리번거립니다.

둘째는 더 큰 소리로 **노래**를 불렀어요.

"아름다운 **새**는 바위틈을 본단다. 그러면 맛있는 **도토리**가 있지."

새가 **도토리**를 물었네요. 금방 공중으로 힘껏 날아올랐어요.

둘째는 숲으로 떨어지려고 배에다 공기를 잔뜩 넣은 다음 힘껏 뱉었지요.

"아! 제발 우리 형제들을 만나게 해 주세요."

용감한 둘째는 땅으로 떨어지며 간절히 **기도**하였어요.

"아얏."

벌벌 떨고 있는 셋째 **도토리** 머리에 무언가가 떨어졌어요.

깜짝 놀란 셋째는 옆을 보았지요.

아! 다행이네요. 둘째 **도토리**가 셋째 옆으로 떨어졌군요.

둘은 너무 반가워 큰 소리로 **노래**를 불렀어요.

그런데 첫째가 데굴데굴 굴러오는 모습이 보이네요.

첫째는 동생들의 노래를 듣고 몸을 힘껏 흔들어 굴리면서 동생들에게 왔어요.

동생들은 깜짝 놀라 물었지요.

"형! 어떻게 여기까지 온 거야?"

형은 힘이 들어 쌕쌕거리며 말했어요.

"너희들과 함께 있고 싶어서 찾아왔지."

도토리 삼형제는 모두 만나게 된 것이 너무 기뻐서 행복의 **노래**를 불렀답니다.

여러분, **참나무** 숲으로 가면 가만히 귀를 기울여 보세요.

도토리 삼형제의 **노랫소리**가 들릴 거예요.

이야기 나누기

＊여러분도 사이좋은 도토리 삼형제처럼 항상 함께하고 싶은
친구가 있나요?

＊도토리 삼형제는 함께 있기 위해 많은 노력과 기도를 했어
요. 친구와 오랫동안 사이좋게 함께 지내려면 어떤 노력을
해야 할까요?

＊도토리 삼형제는 기쁠 때나 슬플 때나 늘 행복한 마음으로
기도했어요. 여러분은 기쁠 때나 슬플 때 어떻게 하나요?

풀이 자라는 소리를 들어 보지 않을래

＊여러분들은 간절하게 기도한 적이 있나요?

무엇 때문에 기도했나요?

동시

풀이 자라는 소리를
들어보지 않을래

난 알고 싶어

풀이 자라는 소리

너는 아니

풀이 자라는 소리

들어보지 않을래

풀이 자라는 소리

살금살금 숲으로 와서

| 제2회 소년해양신인문학상 당선작 |

(소년문학과 한국해양아동문화연구소 공동제정)

우리나라 제1호 구연동화 작가를 배출하면서

오프라인 소년문학과 온라인 한국해양아동문화연구소가 공동으로 제정 공모한 제2회 소년해양신인문학상 당선자를 발표하고자 한다.

먼저 우리나라 최초 구연동화작가 탄생을 기쁘게 생각한다. 구연동화작가(신인상)란 조금은 낯선 문학상이지만 대단한 호응으로 얻고 있으며 앞으로의 발전 가능성을 예견해 본다. 심사위원이 알기로는 제주서귀권에서는 벌써 수십 명이 구연동화 습작을 하고 있고 수도권과 중부권에서도 많은 분들이 관심을 갖고 표명을 하고 있다.

이번에는 상상과 창의의 새로운 지평이 될 구연동화이기에 어떤 기준으로 당선작을 고르느냐가 최대의 고민거리였다.

풀이 자라는 소리를 들어 보지 않을래

첫째, 기성 작가 선정 기준으로 문학적 깊이 있는 작품을 고를 것인가?

둘째, 구연동화의 기본 틀에 충실한 작품을 고를 것인가?

셋째, 타성에 젖지 않고 신선하면서도 창의성이 있고 앞으로의 발전 가능성을 갖춘 작품을 고를 것인가?

심사위원들이 상당한 고민 끝에 세 번째의 여건을 갖춘 작품을 당선작으로 선정하기로 하였다.

구연동화란 '음성언어와 표현 언어를 통하여 변화된 모습으로 청자에게 다가서는 입의 연기를 하게 하는 기본이 되는 글'이라 장영주(『구연방법론』)는 말하고 있다. 구연동화는 이야기를 통해 실제를 표상하는 기능을 갖고 시간과 공간의 제약을 벗어나 자유롭게 상징을 이해하고 조응하는 힘이 있어 창조교육, 인성교육, 문화전승에 크게 기여하고 있다.

이번 응모 작품 중 박미정 선생님의 다섯 작품은 식물, 곤충, 동물들을 의인화한 동화로, 주제가 선명하고 창의적인 난센스의 세계가 엿보이는 재미있는 내용이었다.

예전에 내용이 좋아야 웅변을 잘한다는 말이 있었다. 이를 동화구연과 연계해 보면 동화구연을 잘하는 것은 구연자의 수준에 맞춘 구연동화를 잘 선정하고 그 환경에 맞게 글 다듬고 고치기 (예전의 개작)를 잘하면 그런대로 동화구연을 잘한다는 소리를 듣게 된다. 이런 측면에서 보면 이번 구연동화작가의 신인문학상 당선자는 이를 계기로 더 구연자에게 다가서는 동화를 쓰는 데 한 치의 게으름도 없어야 할 것이다. 우리나라 최초의 구연동화작가란 사명감으로 앞으로 꾸준한 정진을 기대한다.

심사위원장 서재균

심사위원 이규원, 장영주